El pastor, el carter, el bomber, el botiguer, el ferrer.

El pastor, el carter, el bomber, el botiguer, el ferrer.

El pastor, el carter, el bomber, el botiguer, el ferrer.

El pastor, el carter, el bomber, el botiguer, el ferrer.

El pastor, el carter, el bomber, el botiguer, el ferrer.

El pastor, el ca ... ber, el botiguer, el ferrer.

el carter

el botiguer

el ferrer

el pastor

el bomber

Qui porta les cartes? ________

Qui guarda corders? ________

Qui apaga el foc? ________

Qui treballa el ferro? ________

El ________ despatxa a la botiga.

La Maria fa un goril·la per al col·legi.

La Maria fa un goril·la per al col·legi.

La Maria fa un goril·la per al col·legi.

La Maria fa un goril·la per al col·legi.

La Maria fa un goril·la per al col·legi.

La Maria fa un goril·la per al col·legi.

l·l

Maria, col·legi, cartera, botiguer, col·lecció,

cavil·la, pel·lícula, pastor, botiga, goril·la.

Pensa quins animals sabries imitar. Dibuixa'ls i escriu els seus noms.

Els germans dibuixen un drac, un porc i una serp.

Els germans dibuixen un drac, un porc i una serp.

Els germans dibuixen un drac, un porc i una serp.

Els germans dibuixen un drac, un porc i una serp.

Els germans dibuixen un drac, un porc i una serp.

un porc

una serp

un goril·la

un elefant

un drac

un cangur

Dibuixa els sis animals i escriu els seus noms.

Bona tarda,

senyor elefant.

Com ho fa

per a ser tan gran?

Copia aquestes frases. Repassa i pinta l'elefant.

El rei lleó

passeja pel zoo

i sembla que digui:

"Aquí mano jo"

Copia aquestes frases. Repassa i pinta el lleó.

El tigre duu la camisa negra i groga.

El tigre duu la camisa negra i groga.

El tigre duu la camisa negra i groga.

El tigre duu la camisa negra i groga.

El tigre duu la camisa negra i groga.

El tigre duu la camisa negra i groga.

Quin és l'animal més gran? __________

Quin t'agrada més? __________

Quin t'agrada menys? __________

On viuen? __________

Què menja l'elefant? __________

Quin és negre i groc? __________

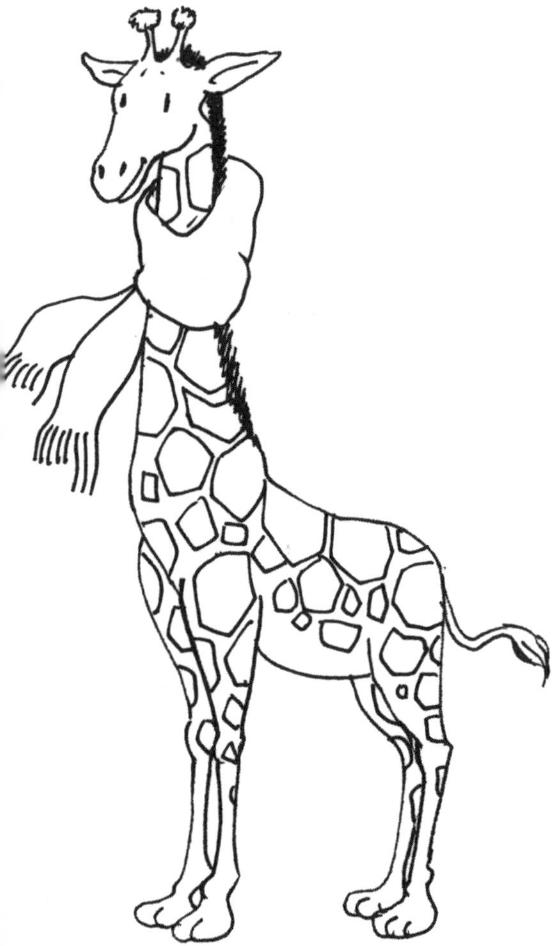

La girafa té angines i mal de coll

La girafa té angines i mal de coll.

La girafa té angines i mal de coll.

La girafa té angines i mal de coll.

La girafa té angines i mal de coll.

La girafa té angines i mal de coll.

La girafa té angines i mal de coll.

On passareu bones estones
és a la casa de les mones.
Sempre belluguen,
salten i juguen.

Dibuixa les mones.

Hi ha un ós blanc.

Hi ha un ós negre.

Hi ha un ós ros.

Copia aquestes frases i pinta cada ós del seu color.

Amic dofí, vine a jugar amb mi.

Amic dofí, vine a jugar amb mi.

Amic dofí, vine a jugar amb mi.

Amic dofí, vine a jugar amb mi.

Amic dofí, vine a jugar amb mi.

Amic dofí, vine a jugar amb mi.

Amic dofí, vine a jugar amb mi.

Quants óssos hi ha? ________

De quins colors són els óssos?

________ , ________ i ________

Quants óssos van eixuts? ________

Tots tres són ben ________

On fa teatre el dofí? ________

Construeix un zoo amb els animals que coneguis. Escriu els seus noms.

Pinta cada llapis del seu color.

El color roig, el blau, el verd, el blanc, el groc.

El color roig, el blau, el verd, el blanc, el groc.
El color roig, el blau, el verd, el blanc, el groc.
El color roig, el blau, el verd, el blanc, el groc.
El color roig, el blau, el verd, el blanc, el groc.
El color roig, el blau, el verd, el blanc, el groc.

La neu és ______________

El camp és ____________

El cel és ____________

La nit és ______________

La sang és ____________

La llimona és ______________

blau
negra
blanca
groga
verd
roja

Dibuixa coses de diferents colors. Pinta-les i escriu els seus noms.

Fes el dibuix i escriu el nom.

Tic-tac, desperta't que arribaràs tard.

Tic-tac, desperta't que arribaràs tard.

Tic-tac, desperta't que arribaràs tard.

Tic-tac, desperta't que arribaràs tard.

Tic-tac, desperta't que arribaràs tard.

Fes el dibuix i escriu el nom.

Soc un caixó i tothom em mira.

Soc un caixó i tothom em mira.

Soc un caixó i tothom em mira.

Soc un caixó i tothom em mira.

Soc un caixó i tothom em mira.

Fes el dibuix i escriu el nom.

Tinc quatre potes i l'esquena dreta.

Tinc quatre potes i l'esquena dreta.

Tinc quatre potes i l'esquena dreta.

Tinc quatre potes i l'esquena dreta.

Tinc quatre potes i l'esquena dreta.

El pare i la mare

no em tenen

sinó a mi.

Em fan anar

a l'escola

a aprendre de llegir.

Dibuixa els teus amics i escriu els seus noms.

La Rosa és bufona i viu a Barcelona.

La Rosa és bufona i viu a Barcelona.

La Rosa és bufona i viu a Barcelona.

La Rosa és bufona i viu a Barcelona.

La Rosa és bufona i viu a Barcelona.

La Rosa és bufona i viu a Barcelona.

La Rosa és bufona i viu a Barcelona.

Als jardins de València
cull taronges
la Florència.

I en Josep
pesca pels mars
de ses Illes Balears.

La Rosa viu a ______________________

La Florència cull ___________________

En Josep ________________

On vius tu ? __________________________

Dibuixa el teu poble o ciutat.

Qui t'ha agradat més del llibre? ____________

Per què? ____________

Qui t'ha agradat menys? ____________

Per què? ____________

Escriu els noms dels personatges ____________

Dibuixa la teva família i escriu el nom de tots.